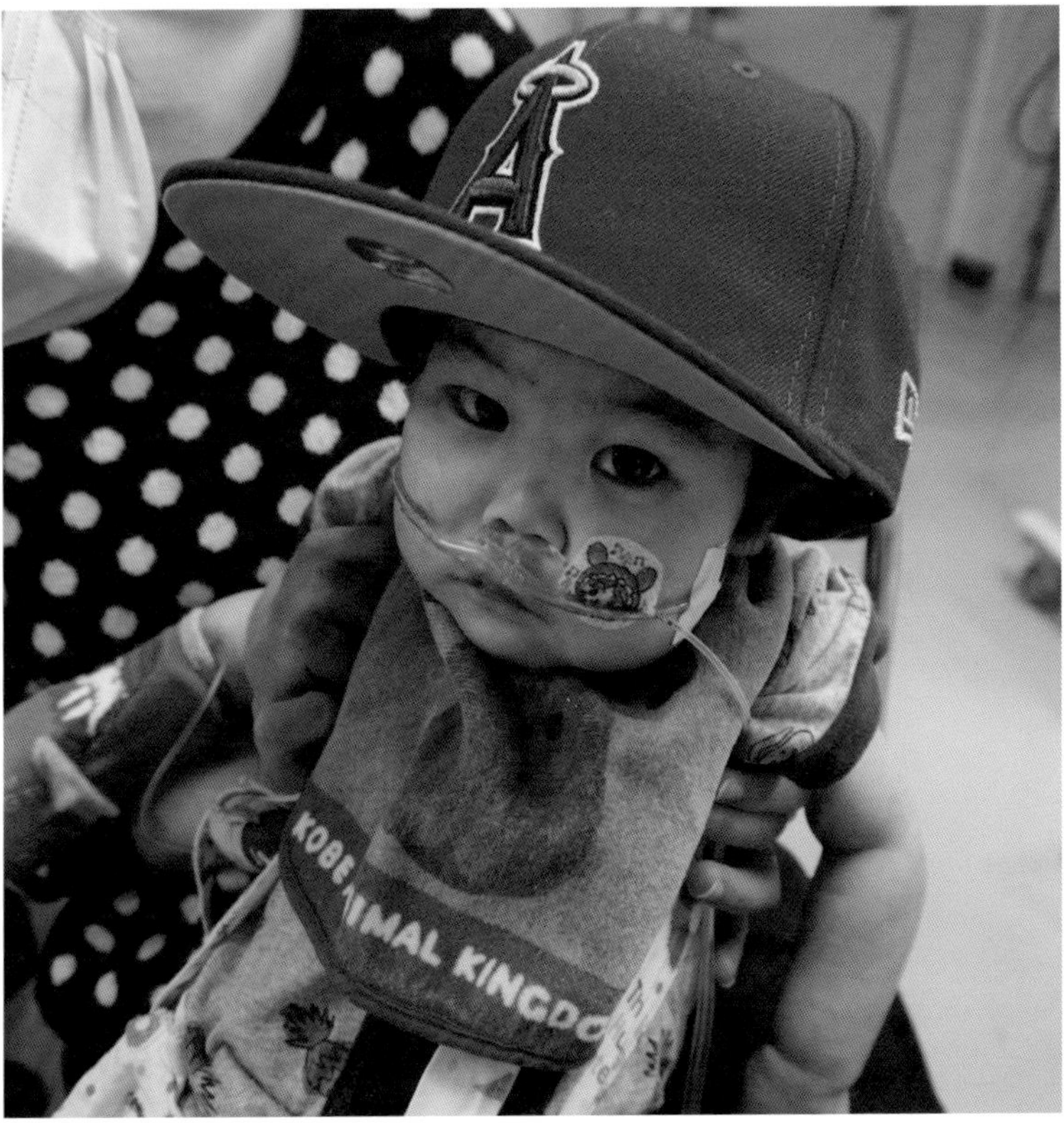


’19年1月5日、大谷翔平選手がお見舞いした川崎翔平ちゃん。
小さな体の力を振り絞り、重度の心臓病に立ち向かっていた。

# 翔平選手と翔平ちゃん

## 奇跡のキャッチボール

川﨑静葉 著

## まえがき

大谷《おおたに》 翔平《しょうへい》選手の大きな大きな手が、雲のように真っ白なボールを翔平の手にちょこんと乗せてくれました。

生後1歳6カ月の翔平にとっては初めての革の手ざわり。息子の小さな小さな手には、そのボールがどれほど大きく感じられたでしょうか。興味深そうにボールをじいっと見つめる翔平。そんな息子を柔らかな笑顔で見守ってくれる大谷選手。大谷選手が翔平のほうへ片手をゆっくりとさしだすと、まるでその瞬間を待っていたように、翔平がぽいっとボールを手放したのです。

しっかりと受け止めてくれた大谷選手の、

「野球しよっか！」

という言葉に、病院の特別室にもあたたかな空気が満たされていくようでした——。

息子の人生でたった一度のキャッチボール。

あの幸せな日のこと、そして奇跡の瞬間を私も夫も生涯忘れることはないでしょう。

2021年、メジャーリーグのエンゼルスで活躍する大谷翔平選手の姿は、コロナ禍にあえぐ日本に希望を与え続けてくれました。

打って、投げて、走って……大谷選手のプレーをテレビやスマホで見る機会が増えたことは、私たち家族にとっても本当にうれしいことでした。

優しい笑顔を見るたびに、大谷選手が翔平のお見舞いに来てくれた日のことがあざやかに目に浮かぶのです……。

大谷選手はきっとアメリカでも語り継がれる伝説になるでしょう。大谷選手のご活躍をお祈りするとともに、私たち家族には、同じ名前の赤ちゃんが懸命に生きていたことを誰かに、ほんの少しだけでも覚えていてほしいという願いもあるのです。

また息子と同じような病気と闘う〝小さな戦士〟たちや、その回復を待つ家族がいることも知ってほしい。

そんな思いから、翔平の人生とその後の物語を、皆さんにお伝えしたいと考えました。

翔平の母、静葉《しずは》

'19年1月5日、大谷翔平選手が書いたサインには
「頑張れ翔平くん!!」という力強いメッセージが

# 目次

ブックデザイン　前橋隆道 + tokyo synergetics
カバー・中面写真　作田祥一
口絵など写真提供　川崎太志・静葉

# 第一章

# 「翔平という名前が赤ちゃんに力をくれた」

「ちょっと、心臓の動きがおかしいですね」

初めて翔平の心臓の異変を指摘されたのは'17年5月30日。当時私たちが暮らしていた兵庫県尼崎市にあるレディースクリニックの妊婦健診のときでした。

いつもどおりエコーで、おなかの赤ちゃんの様子を診てもらったところ、心臓の動きが弱そうだというのです。

すぐに紹介してもらった小児循環《しょうにじゅんかん》器《き》科《か》もある市内の総合病院に夫・太《たい》志《し》と向かいました。赤ちゃんは30週、それまで元気に育っていることに疑いを持っていませんでした。

不安で仕方がありませんでしたが、私たちの不安は的中するどころか、想像以上に残酷な宣告が待っていたのです。

「赤ちゃんの心臓の動きがかなり悪いです」

心臓は小さくなったり大きくなったりを繰り返しながら体に血液を送り出します。でも総合病院の専門の先生によれば、心臓が「ただゆれているだけ」ぐらいの弱い動きしか見せていないというのです。

左心室《さしんしつ》がほとんど動いておらず、右心室《うしんしつ》ががんばって血液を循環させている状態であるということ。動かなくなった心臓を回復させるのはとても難しいこと。出産しても生きていけるかどうかもわからず、最悪の場合、このままおなかのなかで死んでしまう可能性もあること……。

先生は丁寧に説明してくれましたが、私たちには心臓の病気の知識もなく、ただただ茫然《ぼうぜん》と聞いているしかありません。

診察室から出た私たちは、事の重大さに気づいても、泣くことしかできませんでした。

「おなかのなかで元気に動いている赤ちゃんがどうして……。こんなにおなかを蹴っているのに……。この先どうなっていくのだろうか……。大切な大切な、私の愛《いと》しい赤ちゃん……。本当に死んでしまうんだろうか……」

目の前が真っ暗になりながら、いろいろな疑問や不安が頭のなかでぐるぐると渦巻いていたのをいまも忘れられません。

私もあらためて健診を受けました。すると産婦人科の先生から、

「赤ちゃんはいまは元気にしていますが、いつどうなるかわからない、常に危険な状態です。何があっても緊急で対応できるように、入院されたほ

うがいいです」

そう勧められて、すぐに周産期《しゅうさんき》（※妊娠22週から出産後7日未満の期間）集中治療室に入ることになりました。

赤ちゃんは胸水《きょうすい》（※胸郭《きょうかく》の内側にたまる水）と腹水《ふくすい》がたまってきていて、それが増えていくと非常に危険なことになる。心臓の動きが悪いと、ほかの臓器にも悪影響がある……。それらのことが入院してわかりました。

考えれば考えるほど、自分のせいに思えてきます。自分を責めるしかなく、毎日1人で泣いていました。

大きくなってきたおなかをなでては祈るばかりです。

「赤ちゃん、がんばれがんばれ。お母さんの栄養をぜんぶ持っていっていいから、どうか最悪のことが起きませんように……」

実はこの病院でも、以前に一度だけですが、翔平と同じような状態でおなかのなかにいたために、赤ちゃんが亡くなってしまったケースがあったようです。

先生たちもそれを避けたかったのでしょう。入院から3日目に、担当医の先生からこんなご提案がありました。

「産科、循環器科、小児科、すべての医師たちで話し合った結果、赤ちゃんが元気なうちに帝王切開して、すぐに強心剤《きょうしんざい》（※弱った心臓の機能を高めるために使用する薬）で治療を始めようということになりました。

スタッフが万全の態勢で、赤ちゃんを迎えられる日が、6月13日です。いかがでしょうか？」

これで赤ちゃんのバースデーが決まりました。

　そして赤ちゃんが無事に生まれてきてくれるのかという不安、初めておなかを切ることへの恐怖……。マイナスの感情を受け止めていくためにも「母として少しずつでも強くならねば」、そんな決意を固めた日でもありました。

　妊娠32週での帝王切開です。予定より2カ月も早く生まれてくるとは思ってもいませんでしたから、実はまだ赤ちゃんの名前も決まっていなかったのです。

「翔平《しょうへい》」という名前は、悩みに悩んだ末に、生まれる直前に決めました。

「翔」という文字には、「大きな志」という意味があるそうです。病気に負けず、大きな志を持ち、大きな心で育ち、大谷翔平選手のように世界を翔《か》ける子になってほしい、そして誰にも平等に接することのできる優しい子になってほしいと願い、この名前をつけることにしました。

’17年6月当時、大谷翔平選手は22歳。’13年に北海道日本ハムファイターズに入団し、プロ野球生活も5年目を迎えていた。投手と打者を両立している「二刀流」の選手として活躍しているだけではなく、その優しげな顔立ちと紳士的な性格にひかれ、ファンも急増していた。

野球関係者たちからは、「子供たちに丁寧に接するのは、世界の野球選手たちの共通点でもあるが、そのなかでも、大谷選手の優しさはルーキーのころから際立っていた」とも評価されている。

一例としては、’14年5月に日本ハムの地元である札幌市内にある北海道大学病院を訪れ、院内学級の児童や生徒ら10人と交流している。前々日の試合では5失点でKOされたため、本人はかなり落ち込んでいたにもかかわらず、子供たちの前では笑顔を絶やさず、キャッチボールなどでふれ合った。交流後、大谷選手はこう語ったという。

「僕らも力をもらった。また明日からがんばりたい」

私たちは、すがる思いで命名しました。大谷選手のように強い子ならば、無事におなかから出てきてくれる、心臓の不調もよくなって元気に育ってくれる、と……。

6月13日の当日も、手術室に向かいながら涙が止まりませんでした。

「産声を上げるかどうかもわからないです。死産もありえます」

以前言われたお医者さんの声も耳から離れません。そんな私を看護師さんが励まし続けてくれました。

ただ手術は、私が想像していたよりも順調だったようです。

「がんばれ！　あなたは翔平なんだから、きっと大丈夫」

そんな願いがかなったのでしょうか。やっぱり翔平という名前が赤ちゃんに力を与えてくれたのでしょうか。

「おめでとうございます！」

まず、そんな先生方の声が聞こえ、私は赤ちゃんの声も聞こえてこないか、必死に耳を澄ましました。すると……、

「おぎゃ――――！」

元気な産声に、喜びがこみ上げてきます。私も看護師さんの手を握り、声を上げていました。

「泣いた！　泣いた！　生まれた！　よかった――！」

すぐに口と鼻に呼吸器のチューブを入れられた赤ちゃんは、保育器に入れてもらい、あわてて眼鏡をつけてもらった私のそばに来てくれました。

「かわいい顔、この子が我が子……」

抱いてあげることもできませんでしたし、顔を見ることができたのもたった数秒間。それが翔平と私の初めての対面でした。でも私はこの日、信じることができたのです。

「絶対大丈夫、生きてくれる。生まれてきてくれて、私をお母さんにしてくれて、息をしてくれて……、すべてのことへありがとう」

2390グラム、それが翔平の出生体重です。数字を聞いて、標準ではないかと思う方もいるでしょう。しかし翔平の場合、500グラムは胸やおなかにたまっていた水分です。だから、すぐに利尿剤《りにょうざい》でおしっこをさせて、むくみをとってあげなければいけませんでした。すると体重は1700グラムほどに減ってしまったのです。

出産から1週間が限度かもしれないとも言われていた翔平ですが、尼崎市内の総合病院の先生方が、懸命に管理してくださったおかげで、一命をとりとめることができました。

肺動脈《はいどうみゃく》と大動脈《だいどうみゃく》をつなぐ血管が動脈管《どうみゃくかん》です。生まれる前の赤ちゃんは、肺を使って呼吸しません。ですから心臓から肺へ血液を送る必要はなく、この動脈管が開いた状態にあります。

通常は誕生後に動脈管は自然に閉じるのですが、翔平の場合は、生まれてからも動脈管がなかなか閉じず、血液がうまく循環しませんでした。またミルクを飲むことにも注意が必要でした。体重が増えすぎると、心臓に負担がかかるからです。

１日にミルクを１回３ccずつ８回与えます。３ccでも口からは飲めませんから、鼻からチューブを通し、ゆっくりゆっくりあげるのです。体重を目標の３０００《グラム》まで大きくするのは、長い道のりでした。

そんな翔平なのに、生まれてすぐに新生児のための集中治療室ではなく、一般のＩＣＵに入っていたため、１カ月は抱っこをしてあげることもできませんでした。１日の面会時間は30分、ときどき保育器を開けてもらってさわらせてもらうだけ。でもそれだけで幸せだったことを覚えています。

おなかにいるときから、「なんとか軽度の症状であってほしい」、そう願っていましたが、翔平についた病名は「左室緻密化障害《さしつちみつかしょうがい》」による「拡張型《かくちょうがた》心筋症《しんきんしょう》」でした――。

のちに翔平ちゃんの主治医を務めることになったのは国立循環器病研《こくりつじゅんかんきびょうけん》究《きゅう》センター・小児循環器内科医長の坂口平馬《さかぐちへいま》先生だった。坂口先生によれば、翔平ちゃんはかなりの重症例だったという。

「拡張型心筋症は心臓の筋肉が収縮する機能が低下して、心室が拡張する病気で、難病に指定されています。

本来、心臓の筋肉は細胞が密につながっています。しかし密にならず、スポンジのような状態ですと、心臓の収縮する力が弱くなってしまいます。〝左室緻密化障害〟は心臓の左心室の筋肉が弱くなっている状態で、翔平ちゃんの拡張型心筋症の原因の一つになっていると診断しました。

乳幼児の拡張型心筋症については、私たちの経験では月齢が若いうちに発症するほうが重症度が高いのです。翔平ちゃんは胎児のときに発症しており、かなり重症でした」


それでも利尿剤と強心剤のおかげで、ＢＮＰ値（※心臓から分泌されるホルモンで、心臓の機能が低下するほど分泌されて、数値が高くなる）が下がり、安定していた時期もあったのです。

「もうすぐ退院できるかも」

そんな希望を抱いたこともありました。しかし翔平が闘っている病気はそんなに甘いものではなかったのです。

生後5カ月のころに、先生からこんなお話がありました。

「どんなに強心剤を増やしても、ＢＮＰ値がどんどん上がっています。もう薬による内科的治療は限界が来ています。

翔平ちゃんの命を救うためには『心臓移植』しか残っていません」

もしかしたら翔平には、もっとつらい道のりが待っているかもしれません。いまよりももっと過酷な治療になるのかもしれません。

「それでも笑顔を守りたい。翔平が生きることをあきらめたくない」

ほとんど悩むことはなく、私たちは結論を出しました。

'17年11月、翔平は大阪府吹田《すいた》市にある国立循環器病研究センターに転院しました。それは同時に、アメリカでの心臓移植を目指す道を選ぶことでもあったのです。

# 第二章　「うちの翔平も二刀流」日本で初めての挑戦

とんとんとんひげじいさん
とんとんとんこぶじいさん♪

私の歌声のリズムに合わせて、ニコニコ顔の翔平がブンブンと腕をふり回しています――。

歌以外には絵本も大好きで、私たちが絵本を読んであげると、聞き入ってくれる姿がかわいらしくて……。

私や夫のスマートフォンには、翔平のそんな動画や写真が残っています。

体は丈夫ではありませんでしたが、けっこう自己主張ははっきりしていました。

「お水のみたい！」「抱っこして！」、まなざしや声だけではなく、全身を使って訴えかけてきます。

それに翔平はよく笑う子で、少しひょうきんな子でもありました。

「今日、あの先生お休みやて」

そうささやくと、ヘラヘラという感じに笑顔を見せることもありました。翔平はその先生のことも大好きだったのですが、お休みだと嫌いな採血がなくなるのではないかと思って喜んだのです。

スマートフォンには、翔平の笑顔がたくさんたくさんつまっています。そういえば、あの写真どこにいったかな？　そう思っても、たくさんありすぎて探すのにちょっと時間がかかるほどなのです――。

「ベルリンハート」――、この言葉を聞いたことがある人はあまりいないのではないでしょうか。私たちは翔平に装着された補《ほ》助人《じょじん》工心臓《こうしんぞう》（※心臓の働きを補助する人工臓器）のことを、そう呼んでいました。

ドイツの医療機器メーカー、ベルリンハート社が作っている小児用補助人工心臓「EXCOR《エクスコア》」は、乳幼児にも使うことができる唯一の補助人工心臓なのだそうです。心臓移植を待つ間の〝橋渡し役〟として使用されています。

このベルリンハートを装着する手術が行われたのは、'17年12月1日。国立循環器病研究センターに転院してから10日後のことでした。

その前日、検査の途中で翔平の体調が急変してしまったのです。検査中に目を覚まし、大泣きして呼吸困難《こきゅうこんなん》になり、心臓マッサージを受けるほどでした。

「翔平ちゃんの心臓はもう限界です。明日にでも補助人工心臓を装着する手術を行います」

そんな先生の言葉に、息子がもう機械に頼らないと生きていけないことをあらためて実感しました。

しかし、生きるための手術は翔平にとって大きな試練となりました。

手術は予定では朝9時に始まり、17時に終わる予定でした。

翔平が無事に戻ってきてくれますように――。私たちは待合室で成功を祈りながら待っていたのですが、予定時間が過ぎても、翔平は手術室から出てきません。

すると19時になって、外科医の先生が来てくれて、予想していなかった事態が起こったことを教えてくれたのです。

「右《う》心室《しんしつ》と左《さ》心室《しんしつ》の壁である心室中隔《しんしつちゅうかく》に突然大きな血腫《けっしゅ》（※出血した血液

が体外に出ずに、体内にたまってしまっている状態）ができてしまい、左心室を押しつぶしてしまいました。そのため補助人工心臓が機能しない状態です。一度は装着しましたが取り外して、いまは体外式膜型人工肺《たいがいしきまくがたじんこうはい》（ＥＣＭＯ《エクモ》）で延命している状態です。こんなことは初めてのことです」

〝初めてのこと〟、その言葉に頭が真っ白になり、両目からは涙があふれてきます。

日本人の子供では初めての症例だったのです。なぜがんばっている翔平にばかり次々と試練が降りかかるのでしょうか……。

手術が終わったのは、予定時間より4時間も過ぎた21時のことでしたが、私たちにはもっともっと長く感じられました。

ようやく会えた翔平。ベッドの上にはお気に入りのぬいぐるみ、『アンパンマン』のチーズもいっしょに寝てくれていました。

しかし翔平の胸の下のあたり、小さな体からは４本の管《くだ》が出ています。ベルリンハートを左心室に装着するはずだったのですが、右心室の動きも低下してしまい、そちらにも装着することになったのです。

手術のために胸を開いたものの、心臓が大きくなりすぎていて、胸を閉じることもできないそうです。さらに手足が見えなくなるほど、点滴のチューブが体中につながっていました。薬液のボトルは30〜40ほどもあったでしょうか……。

本当は「手術がんばったね、お帰り」と、言ってあげるつもりでした。でも痛々しい姿で眠る翔平を見ると、ただあやまることしかできません。

「ごめんね、ごめんね、痛い思いばかりさせてごめんね……」

ＥＣＭＯは血液を体外に出す特殊な治療のための機械で、１～２週間以上つけるとかなりの体の負担になるそうです。しかし翔平は１カ月もその延命治療を続け、それもかなり珍しいケースだったそうです。

心室中隔にできた血腫はなかなか後退せず、ベルリンハートを稼働させることもできません。結局、取り除くための手術を行うことになりました。

12月18日、前回から３週間もたたないうちの危険な大手術です。

この日、うっすら目を開けた翔平は、

「大丈夫、行ってくるよ」

と、言ってくれているようで、なんとも頼もしい気持ちにさせてくれました。そんな翔平の強さも手術を成功に導いたのだと思います。

年明けの1月からは左心室と右心室、合わせて2台のベルリンハートが稼働し始めました。

日本の小児科では初めてのケースです。2台のバランスを調整しなければいけませんし、完全に機械まかせにするのではなく、翔平の心臓の筋肉も弱くならないように気をつけなければいけません。

もちろん不安でしたが、それでも私たちはできるだけ翔平に笑顔を見せ、明るく話しかけるようにしていました。

「翔平もベルリンハートが2つで、二刀流やな！　大谷選手といっしょやで！　翔平も元気になったら、大谷選手の応援に行こうな」

翔平ちゃんが日本の小児科で初めての試みに挑んでいたちょうどそのこ

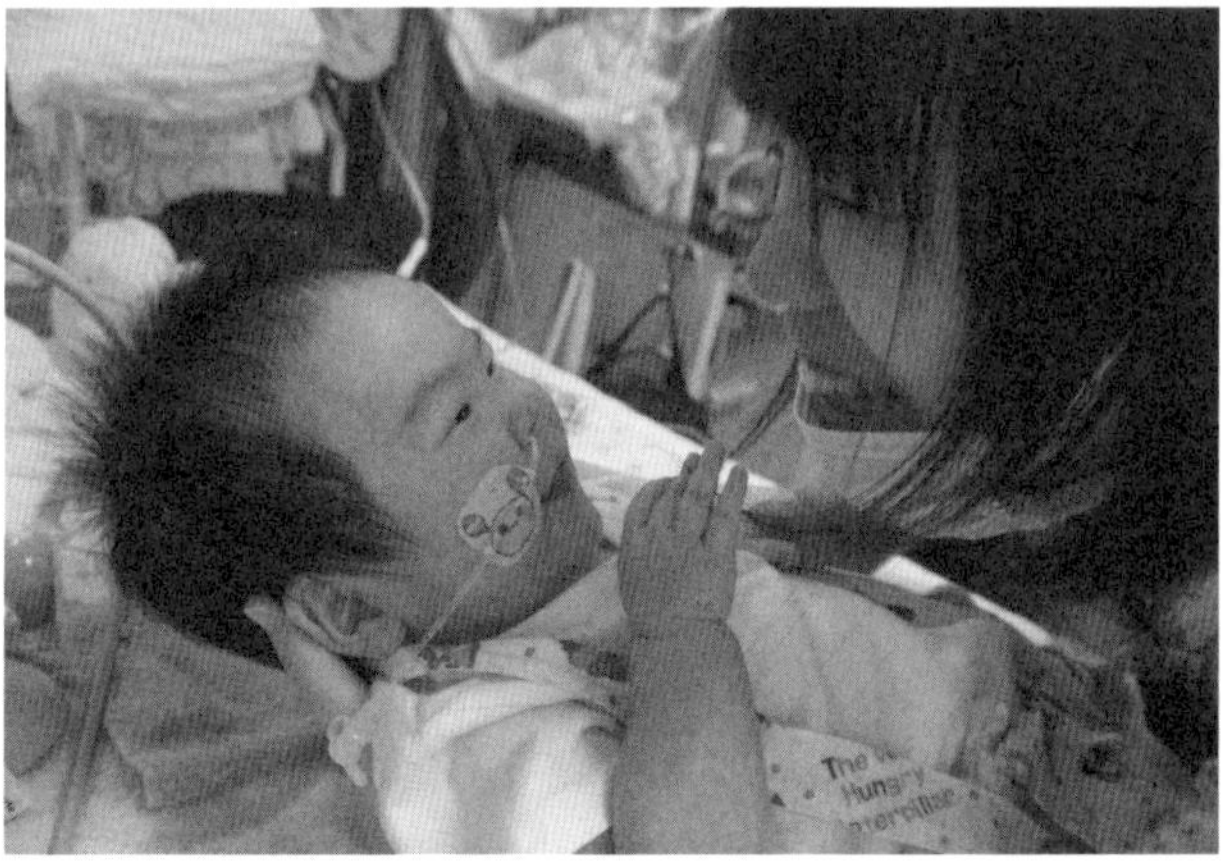


1歳1カ月ごろ、翔平ちゃんはよく笑う男の子だった

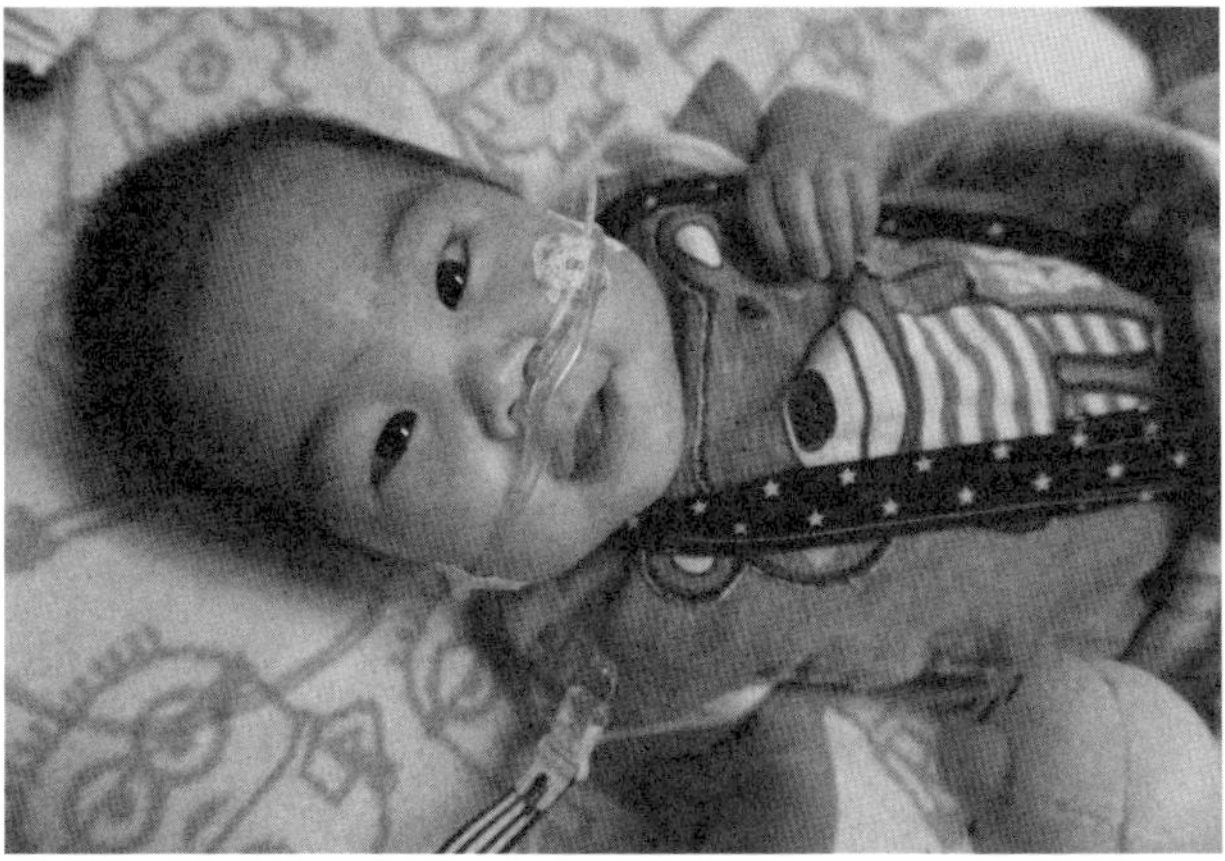

生後10カ月ごろ、『アンパンマン』のDVDを見るのが大好き

ろ、大谷翔平選手は長年の夢へと動きだしていた。メジャーリーグのロサンゼルス・エンゼルスへの移籍を決断したのだ。

日本とアメリカの野球関係者やファンたちが注目するなか、現地時間の'17年12月9日、入団記者会見に臨んだ。

「(二刀流は)ファンと球団でつくっていくもの。みなさんの応援で僕を成長させてほしいというか、僕もそれに応えたい。

ここがスタートラインです」

2つのベルリンハートを装着し、翔平もようやく心臓移植のスタートラインについたわけですが、入院生活のなかでも気をつけなければいけないことがたくさんありました。

まず、しばらく抱っこをしてあげることができませんでした。

おなかから心臓に向かって管が入っており、その部位から血が漏《も》れてしまったり、炎症を起こしたりするのです。

翔平は抱っこが大好きで、ちょっと体調が悪くても、抱いている間に眠ってくれることもありました。それができなくなってしまったのは、とてもつらかったです。

手術後もある時期からは、看護師さんがいるときなど、条件によっては抱っこをしてあげられるようになったのですが、傷口の状態が悪化したらそれもできなくなります。いつまでもぐずぐずと泣いていることもあり、かわいそうで胸がしめつけられるようでした。

'18年9月から私はインターネット上で翔平のふだんの生活などを日記と

して書くようになりました。「しょうへい日記」の'19年2月13日付では、お風呂についてこんなことを書いています。

《お風呂が大好きで、転院前に初めて湯船《ゆぶね》につかった時も、とても気持ちよさそうにしていました。

毎日の沐浴《もくよく》が嬉《うれ》しくて、ぐずぐずしていても、お湯につかると、機嫌が直ることもありました。

補助人工心臓を装着してからは、お腹《なか》から直接管が出ているため、お湯につかるのも困難です。（中略）沐浴室にも移動できないので、毎日ベッドの上でしかお風呂ができません。

それでも気持ちよさそうにしてくれる翔平です。

元気になったら、傷や点滴を気にせず、大好きなお風呂に思いっきり入れてあげたいです。
翔平にとって初めてのことがたくさんできるようになる日まで、楽しく翔平らしく過ごさせてあげたいです》

まるで細い平均台の上をそろそろと歩き続けるような入院生活のなかで、私たちの励みになっていたのが「たけるくん」の存在でした。

たけるくんは翔平より2歳年上の男の子です。同じ拡張型心筋症でしたが、'17年にアメリカ・テキサス州の小児病院で心臓移植手術を受け、'18年に日本に帰国し、翔平の隣のベッドで入院生活を送っていました。

テキサス州の病院は翔平も受け入れてもらうことが決まっていた病院です。それに0歳でベルリンハートを装着する手術をしたということも同じ

（たけるくんは1つ、翔平は2つでしたが）。

手術を無事に成功させて元気になっているたけるくんの姿を見て、「翔平も同じように元気になれる」と信じることができましたし、お母さんのお話もとても参考になりました。いまでもたけるくんのお母さんとは連絡をとり合っています。

しかし、たけるくんと同じようにテキサス州で手術を受けるためには莫《ばく》大《だい》な費用が必要でした。海外での移植手術は、ほとんどが自己負担となりますし、ほかにも多くの医療費がかかります。翔平はベルリンハートをつけているために、医療設備がそろっている専用のチャーター機に乗らなければなりません。

そんななか、夫や私の知人たちが募金をするために「しょうへいくんを救う会」を立ち上げてくださったのです。

救う会の合言葉は「笑顔で翔《か》けるその日まで」です。「翔平くんのために」と、時間を削って、活動に励んでくださった皆さまには本当に感謝しています。

会の活動のことを知ってもらうために、’18年9月には兵庫県庁で記者会見を開きました。もちろん記者さんやカメラマンさんたちが大勢いる前でお話しするなんて、初めての経験です。でも翔平のために必死でお願いしました。夫は、

「小さな体で懸命に生きようとする息子の『生きたい』という心の叫びをあきらめたくありません。どうか翔平に生きるチャンスをください」

と訴え、私はこうお願いしました。

「多くのことは望みません。ただ生きて、一度も帰ってきたことのないおうちに帰ってきてほしいです。

翔平といつかいっしょにごはんを食べて、お風呂に入って、笑って、泣いて、そんな当たり前の日々を過ごしたいのです」

路上の募金活動《ぼきんかつどう》では、あたたかな声をかけてもらうことも多かったです。私は時間があるときに折り紙で、シャツやワンピースを折っていました。それに袋に入ったつまようじを1本さしておくのです。翔平の病気のことを書いたチラシといっしょに、「よかったら使ってください」という気持ちを込めて渡していました。

その様子を見てくださったのでしょう。「これも配ってください」というメッセージといっしょに、段ボール箱いっぱいに入った折り紙のシャツが、救う会の事務所に送られてきたこともありました。

JR高槻《たかつき》駅の前で街頭《がいとう》募金に参加させてもらったときのことです。

1回募金をしてくださった方がまた戻ってきたんです。

「これ、翔平ちゃんに渡してあげてください」

息子のために、わざわざ絵本を買ってきてくれたのでした。その方は私が翔平の母親だとは知らなかったと思うんです。でも「がんばってください」と、言いながら涙ぐんでくださって……。思わず私もいっしょに泣いてしまいました。

「翔平を応援してくれる人がこんなにいる」……、うれしいことも多かった募金活動ですが、何がつらかったかといえば、なかなか目標額に達しないことでした。

3億5千万円が目標なのに、活動を始めてから2カ月たっても、まだ1億2千万円も足りなかったのです。

翔平には時間が残されていません。

ベルリンハートをつけているうちは、血栓《けっせん》ができないようにするために、血液をサラサラにする薬を飲んでいます。そのため、脳出血《のうしゅっけつ》や脳梗塞《のうこうそく》の危険と常に隣り合わせの状態です。

じりじりと焦る私たちに〝思いがけない知らせ〟が届いたのは、'18年ももう終わろうとしているころ、翔平が1歳6カ月のときでした――。

# 第三章　2人の翔平が奇跡のキャッチボール

翔平のことを、大谷選手にお知らせしてみるのはどうだろうか。

そのアイデアは「しょうへいくんを救う会」のメンバーのなかでもずっと話し合ってきました。ただ、どうすれば大谷選手に連絡をとることができるのだろうか？　それが悩みでした。

そんなとき、救う会が、北海道の地元新聞社にお願いすることを思いつきました。大谷選手が所属していた日本ハムファイターズは北海道が本拠地です。その地元紙なら直接連絡がとれる方もいるのではないか、というわけです。

ありがたいとは、「有難い」と書くそうです。地元紙の方が仲介をしてくださったおかげで、大谷選手の通訳を務めている水原一平《みずはらいっぺい》さんと連絡がとれることになったのです。水原さんのことを大谷選手は、〝マネージャー〟

と呼んでいて、通訳以外にも、いろいろなご相談をしているそうです。

私と夫は大谷選手に、ビデオレターを届けてもらうことにしました。自撮りというのでしょうか、私たちはカメラに向かって思いのたけを訴えました。

息子がおなかのなかにいるときから心臓病と闘っていること。治療のためにはアメリカの病院で移植手術を受けるしかないこと。大谷選手のように元気に育ってほしいという願いを込めて翔平と命名したこと。小児用補《ほ》助人工心臓《じょじんこうしんぞう》を2つつけていて、家族の間では〝二刀流〟と呼んでいること。小さな体で毎日がんばっていること。そして、時間があまり残されていないこと……。

私たちも大谷選手が手術を受けたばかりの大変な時期であることは知っ

ていました。でもこのビデオを大谷選手が見てくれて、もし翔平に「がんばってね」という一言だけでもメッセージを送ってもらえたら、私たち家族や救う会のメンバーにとってどんなに励みになることでしょうか。祈るような気持ちでしたが、お返事は予想外のものでした。

なんと大谷選手が翔平のお見舞いに来てくれるというのです——。

静葉さんと太志さんがビデオメッセージを送った当時、大谷翔平選手は日本に滞在していた。

'18年、大谷選手はアメリカでシーズン1年目をむかえた。メジャーリーグでは、ベーブ・ルース以来100年ぶりの本格的二刀流選手として注目され、初出場前から球団グッズの売り上げも急上昇。4月には3試合連続でホームランを打ったが、1年目4月の3連続ホームランは、メジャーリーグ史上でも4人目の快挙だった。

そんな〝大谷フィーバー〟を巻き起こしながらも、6月に右ひじ靭帯《じんたい》の損傷が判明。シーズン終了直後に靭帯の修復手術を受け、11月下旬に日本へ帰国していたのだ。

復帰をかけてリハビリに励んでいた大谷選手だったが、翔平ちゃんのことを知り、こう語ったという。

「(翔平ちゃんが) 自分の名前から名づけられたことは光栄です。縁があるのでなんとしても力になりたいです」

大谷選手は岩手県奥州市出身。世界遺産に登録されている源義経《みなもとのよしつね》ゆかりの地・平泉のすぐそばだ。大谷選手の父・徹《とおる》さんはスポーツ誌のインタビューで、名前の由来について明かしている。
《本当は義経と命名したかったのですが恐れ多くて、義経の幼名《ようみょう》・牛若丸のように身のこなし軽やかになって欲しくて〝翔〟、そして平泉の〝平〟を貰《もら》いました》(『Number』'15年9月24日号)

大谷選手自身も自分の名前に両親の深い愛情が込められていたことは知っていた。それだけに大谷選手は自分と同じ名前を持つ赤ちゃんに親しみを感じ、重病の我が子を救おうと懸命になっている静葉さんと太志さんのことを見過ごすことはできなかったのだろう。

'19年1月5日、この日は私たち家族にとって〝歴史的な1日〟となりました。

この日は土曜日で国立《こくりつ》循環《じゅんかん》器病《きびょう》研究《けんきゅう》センターも一般の診療などはお休みでしたが、さすがに大谷選手が正面玄関から入ってきたら大騒ぎになってしまうでしょう。ふだんはあまり使っていない入口を使ってもらうことにしました。

大谷選手は飛行機で来ることになっていました。ほかに用事があるとか、たまたま関西方面にいるとかではなく、〝翔平に会うためだけ〟に、大阪に来てくださるというのです。

「本当に現実のことなのだろうか」「どんな人なのだろうか」、いろいろ考えながら朝から掃除です。大谷選手に気持ちよく入ってもらえるように、私と救う会のメンバーたちでセンターの周囲や入口あたりをキレイにしました。

センターにはできるだけご迷惑をかけないつもりでした。しかし、主治医の坂口平馬先生や、担当の看護師さん、チャイルド・ライフ・スペシャリストさん（※病院生活における子供の精神的負担を軽減するための専門家）、みなさんが休日出勤です。

それに大谷選手と翔平が面会するためのお部屋も用意してくれました。翔平の命を支えているベルリンハートの電池は30分しか持ちません。万が一停電が起こっても、センターで自家発電した電気を受けられる部屋が必要だったからです。

いま振り返ってみても、夢のような1時間でした。

カシャカシャカシャ！　大谷選手がお部屋に入ってきた瞬間、取材に来ていたカメラマンさんたちのシャッター音がいっせいに響きます。

身長は193センチもあります。メジャーリーガーですし、変な言い方ですが、体もゴツゴツしていて、威圧感《いあつかん》も受けるのではないかと想像していたのです。

でもスーツ姿だったせいもあるのかもしれませんが、実物の大谷選手は〝優しいお兄さん〟という感じで、すごく柔らかな、こちらが安心してしまうような雰囲気だったのです。

ニコニコと笑顔を浮かべながら、翔平に近づいてきます。

「こんにちは!　はじめまして」

「今日は本当にありがとうございます。この子が翔平です」

「翔平です。同じ名前だねぇ」

大谷選手のひざの上がとても気に入った様子の翔平ちゃん

息子に優しく話しかけてくれました。「元気？」。翔平のほっぺを指でプクプクしてくれる姿からも、思いやりが伝わってくるようでした。

前日、「明日は大谷選手が来てくれるから、カッコよくしようね」と、私が翔平の髪をカットしたのですが、前髪がまっすぐになってしまって……。

大谷選手は、そんなところにも気づいてくれたのでした。翔平の頭をなでながら、

「髪を切ったんだ。前髪まっすぐだねぇ」

静葉さんは〝優しいお兄さん〟という印象を受けたと語るが、その場に

いた人々も同じような感慨を抱いていたという。

ベルリンハートに不調が生じないか、チェックするために同席していた坂口平馬先生は、こう振り返る。

「一流選手ですし、どこかツンとしたところもあるんじゃないかと初めは思っていたんです。あいさつして、頭をなでてくれるぐらいかな、と。

でも実際は、本当に自然体で飾りけのない様子で翔平ちゃんに声をかけてくれたり、さわってくれたり、でした。

〝隣の高校から来ました〟、ぐらいの気軽な雰囲気でしたね。野球選手としての素晴らしさと、人柄のふつうさのギャップで、その日から私もすっかり大谷選手のファンになってしまいました」

うれしかったのは翔平に優しく接してくださったことだけではありませんでした。息子の病気のことを理解しようとしてくださっている、その気持ちが私たちの心を打ちました。

「この装置はなんのためのものですか？」

「点滴にはどんな薬が入っているのですか？」

「手術のためにアメリカの病院に行かれるのですか？」

「ご両親は毎日病院で付き添っていらっしゃるんですか？　そうですか、うーん、大変ですね」

おそらくホームページなどで、翔平の病気についても調べてからお見舞いに来てくださったのだと思います。そこまでして、私たち家族のことを気遣ってくださったのがうれしくて……。

ついに意を決してお願いしてみました。

「よかったら、抱っこをしてくれませんか」と――。

大谷選手にパワーをわけてもらえるんじゃないか、そう思ったのです。

翔平は心臓移植手術がうまく成功したとしても、それで終わりではありません。拒絶反応《きょぜつはんのう》が起こらないように、免疫抑制剤《めんえきよくせいざい》を飲み続けなければいけないでしょうし、健康な子となんでも同じことができるようになれるわけではないのです。

翔平が理解できるような年齢になったときに、

「あなたのために、素晴らしい選手がお見舞いに来てくれて、抱いてくれたんだよ。本当にすごいことなんだよ」

そう言ってあげたかったのです。

これからもつらいことは続くでしょうが、大谷選手との対面が本人の生きる活力になるのではないかとも思いました。

私たちの思いが伝わったのかどうかはわかりません。でも大谷選手は、

「えっ、僕が抱っこしてもいいんですか？」

と、快諾《かいだく》してくださいました。

翔平には点滴のチューブやベルリンハートの管《くだ》などがつながっています。大谷選手は少し戸惑った様子でしたが、看護師さんがサポートをしてくれて、翔平を抱きしめてくれたのです。

「あったかいね……」

そんな優しい言葉を聞いて息子も大谷選手の顔をしっかり見つめています。2人の姿に、私たちの胸のなかにもあたたかいものが、ふんわりと広

がっていくようでした。

翔平はそれほど人見知りではありませんが、誰でも大丈夫というわけでもありません。人によっては、抱かれると泣いたり、顔を見るとプイッと横を向いたりすることもあるのです。

でも大谷選手の腕のなかは、よほど居心地《いごこち》がよかったようです。嫌がる様子もなく、反《そ》り返ったりすることもなく、ごきげんにじっと抱かれていました。

そういえば大谷選手は、10月に右ひじの手術を受けたばかりだったのです。あまり抱っこが長くなったもので、通訳の水原一平さんが「ちょっと、そろそろ……」と、声をかけ、私たちも「もう十分ですから」と、申し上げたのですが、大谷選手は、

「大丈夫、大丈夫」

そう微笑《ほほえ》んで、翔平をずっとひざに乗せ続けてくれました。

翔平は思いがけないプレゼントをもらいました。大谷選手のサインボールです。

取材に来ていた記者さんやカメラマンさんが解散する直前、大谷選手は、

「あっ、ボールを持ってきたんです」

と、《翔平くんへ》という名前とサインを書いて、あの大きな手で翔平の手にちょこんと乗せてくれたのです。

そのボールは、翔平にとってはとても大きく感じたことでしょう。それに革の感触もにおいも初めてのものです。

しばらく興味深そうに真っ白なボールをさわっていました。

そんな翔平の手のそばに、大谷選手が「ちょうだい」というように片手をさしのべてくれました。

すると、本当にそのタイミングを待っていたかのように、翔平がぽいっとボールを手放したのです。

大谷選手がしっかりと受け止めてくれたとき、部屋のなかで、

「おおっ、キャッチボールだ」

そんなどよめきが起こりました。大谷選手も驚いていましたが、

「野球しよっか！」

こぼれるような笑顔を見せてくださいました。

大谷選手が部屋に入ってきてから、翔平の手を握って、

「バイバイ、またね！」

と、去っていくまで1時間ちょっとだったと思います。

翔平にとって、こんなに大勢の人たちに会ったのは初めてのことです。

もちろん私たち夫婦にとってもこの1時間は大事な大事な宝物になったのです——。

「しょうへいくんを救う会」のホームページには、大谷選手から翔平ちゃんへの応援メッセージが掲載された。

《1日でも早く渡航して手術を受け、早く元気になって帰ってこられたらなと思っています》

大谷選手がお見舞いに来てくださったことは、多くのテレビや新聞で報じられました。

救う会のメンバーの気持ちも高揚《こうよう》しました。そして何よりも、街頭募金《がいとうぼきん》活動《かつどう》での反響も違います。

「翔平くん？　知ってる！」

「大谷選手と会った子や！」

募金をお願いするチラシを見て、皆さんがそんな声を上げてくれます。

きっと大谷選手のお人柄のおかげでしょう。応援してくださる声がグンッと増えたのです。救う会の事務局への電話も鳴りやまないぐらいです。

私たちも当日の記念撮影の写真を、翔平の病室にかざって、ずっと夢見《ゆめみ》心地《ごこち》でした。

寄付金が目標の3億5千万円についに達したのは1月24日、お見舞いから19日後のことです。

「翔平、よかったね！」

焦り続けた日々でしたから、本当にうれしかったです。

費用の面をクリアしたことで、先生方も急ピッチで事務手続きや手配を進めてくださって、テキサス州の小児病院も受け入れ態勢を整えてくれました。

あとは渡航するだけのはずだったのですが、ついに翔平が手術を受ける日は訪れなかったのです——。

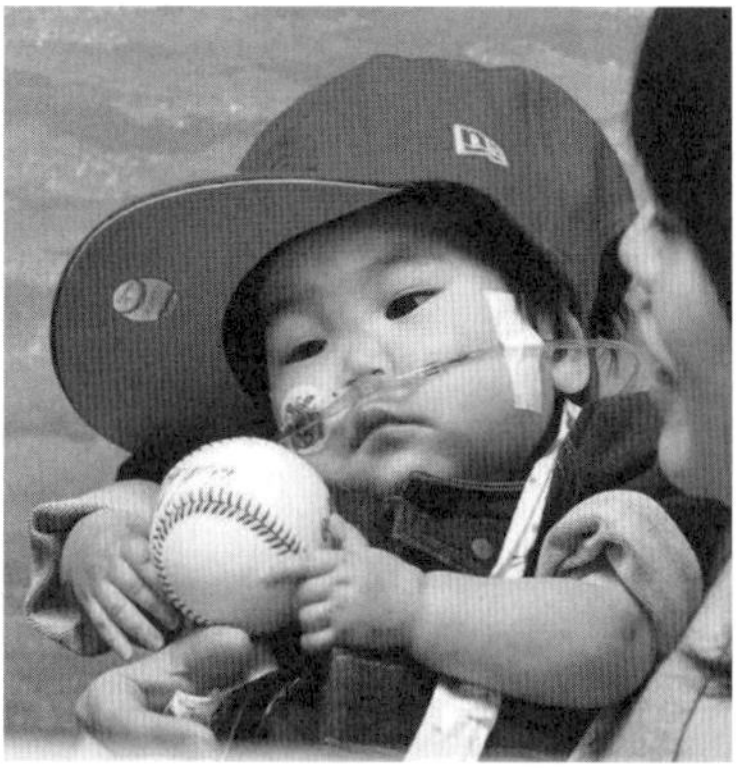

初めての手ざわり。真っ白なサインボールをじっとながめて　写真／産経新聞社

# 第四章　お空にのぼっていった翔平ちゃん

《昨日、全身の血液を調整するために、首の静脈《じょうみゃく》から点滴が入りました。

全体的に、身体の血液量や水分が多いため、抜くことになりました。

脱水にならないように、慎重に水分を抜いていますが、喉《のど》が渇《かわ》いたと、母の姿を見ると泣いていました。

1ccずつゆっくり水をあげていますが、足りないと泣いてしまいます。

炎症の数値も高く、どこからか感染してしまい、発熱もあります。

とてもとてもしんどそうです。

炎症の数値が上がって泣いて興奮したことも重なって、不整脈《ふせいみゃく》が出てしまったので、電気ショックをしました。

すぐに不整脈は安定しましたが、本当に心配で…

苦しそうな翔平を見ていると、胸が締め付けられます。

少しでもしんどくないように…先生方の懸命な治療が続いています。

日にち薬ですが、回復にはまだまだ時間がかかりそうです。

そばにいて、何もできないことが悔しくて苦しいです。

翔平のために、できることをしたい…

安心できるよう、支えるしかできません。

どうか、無事に1日1日を過ごせますように》

'19年3月5日に書いた「しょうへい日記」の一部です。見出しは「今がふんばりどころ」でした。でもこれが救う会のホームページに掲載した最後の日記になりました。

　小さな翔平の体にとっては2つの補助人工心臓《ほじょじんこうしんぞう》がとても負担になっていて、1年以上も細い平均台を慎重に歩いている状態でした。少しでもバランスが崩れてしまうと、状態はすぐに悪化してしまいます。

大谷選手のお見舞いは'19年1月でしたが、2月にはごはんも食べられなくなっていました。流動食にしてもすぐに吐いてしまいます。

一刻も早くアメリカに行って手術を……、私たちは祈り続けました。

しかし寄付金も集まり、テキサス州の小児科病院の受け入れ態勢も整ったというのに、飛行機が飛ばないというのです。

主治医の坂口平馬先生が当時の状況を解説してくれた。

「そもそもベルリンハートは、血液の循環を助けるポンプが体外にあるタイプの機械で、長期間の使用を想定していません。長期間使用すると、体の管《くだ》を埋め込んでいる部分から菌が入り、感染症を引き起こすリスクが高くなります。ですから欧米では装着から3カ月ほどで心臓移植手術を受けているのです。

翔平ちゃんのように1年間も補助人工心臓をつけたままというケースはほかの国ではありません。それだけ日本が心臓移植の分野で遅れているということです。

ベルリンハートのような機械を安定して動かせる電源を備えた飛行機は多くありません。プライベートジェットに頼らざるをえず、その運航に慣れた会社も限られているのです。

「飛行機もメンテナンス中だったりで、渡航の時期がどんどん先延ばしになってしまいました」

「この待つしかないという時間は、いったい何なのだろう……」

私たちは焦りながらも、翔平のふんばりと飛行機が空くことに期待するしかありません。

翔平はＩＣＵに入り、私はいつでも駆け付けられるように、国立循環《こくりつじゅんかん》器病研究《きびょうけんきゅう》センターの近くにあるドナルド・マクドナルド・ハウス（※マクドナルド社が経営している、病気の子供や家族が利用できる滞在施設）に泊まるようにしていました。

坂口先生からお電話があったのは、3月10日の午前2時ごろのことです。

「お母さん、病院に来ますか？　翔平ちゃん、ちょっとあまりよくないかもしれない」

とても優しい先生ですので、言葉を選んでくださっているようでしたが、翔平の体調が急変したことはすぐにわかりました。

　私は飛び起きると、夫やほかの家族に連絡しながら、センターへ走って向かったのです。

　そのころの翔平は、再びECMO《エクモ》（体外式膜型人工肺《たいがいしきまくがたじんこうはい》）を使っていました。水分をうまく排出することができず、体もパンパンにむくんでいるのが痛々しくて……。

　私は貧血で立っていられなくなり、車椅子に乗せていただきました。

　先生方は懸命に延命処置をしてくださっています。苦しそうな翔平や先生たちの姿を見て、私たち夫婦の心にも迷いが浮かんできます。

「絶対に翔平の命をあきらめたくない。でも、これ以上、翔平につらい思いをさせ続けるのは本当に正しいことなのか……」

私たち夫婦が決断を下せず、心のなかで何度もそんな言葉を繰り返しているうちに、坂口先生がおっしゃったのです。

「抱っこしてあげて」

ＥＣＭＯをつけたままの抱っこなど、それまではありえないことでした。でも先生は「抱っこしてあげて」と……。

翔平は抱っこが大好きでした。でも特に体調を崩してからはずっと抱いてあげることができませんでした。

そんな翔平にそれまでの分も、めいっぱいの抱っこをしてあげました。

坂口先生は、「声は届いているからね、いっぱい声をかけてあげて」

そう教えてくれました。

「ありがとう翔平、ありがとう……」

大谷選手がおっしゃってくださったように、あたたかな小さな体でした。声をかけながら抱きしめているうちに、血圧はどんどん下がっていきます。いま思うと、翔平は私たちにつらい言葉を最後まで言わなくていいようにしてくれたのかもしれません。

家族みんなが見守るなか、翔平はついに旅立っていきました。

私たち家族は、けっして口にはしませんでしたが、いつか来るかもしれない終わりを覚悟していました。

もちろん翔平が元気になって、いっしょに暮らしていくことがいちばんの夢でした。でも重病と闘う子の親たちは、どこかでその覚悟を持っているように思います。

力いっぱい闘いぬいて、まるで眠っているような翔平の体から、ＥＣＭＯの管や、たくさんの点滴のチューブが外されていきます。生まれて初めてようやく身軽になった翔平に、心のなかでこんな言葉をかけました。

「もう、つらくてしんどい思いをしなくていいんだよ。おうちに帰ってゆっくり休もうね」

お見舞いから2週間後、大谷翔平選手は再びアメリカに向かっている。翔平ちゃんの悲報は現地で、エンゼルス関係者を通じて大谷選手に伝えられた。彼は、

「（ご家族を）応援しています」

そんなメッセージを遺族に送ったという。

翔平は初めておうちに帰ることができました。生まれてからずっと願っていたことです。

だから茶毘《だび》にふすまでの3日間は、ゆっくりおうちで過ごしました。

家族や親戚、私の友人や、夫の知人、大勢の人たちが翔平にお別れに来てくれたことには感謝の言葉もありません。なかには関東や九州から飛んできてくれた人たちもいました。

翔平は入院中はなかなか抱っこをしてもらえませんでした。おうちで、たくさんの人たちから抱っこしてもらえて、本人もご機嫌だったのではないかと思います。

四十九日が過ぎて、お空にのぼってから少したったころ、翔平は2歳の誕生日をむかえました。

’19年6月13日ですが、アメリカでその13日に、大谷選手がすごい記録を打ち立てました。

対レイズ戦で、ホームラン、二塁打、三塁打、そして第4打席でシングルヒットと、サイクルヒットを達成したのです。

日本人選手がメジャーリーグでサイクルヒットを決めたのは史上初という大記録。

「きっと大谷選手からの翔平への誕生日プレゼントだ！」

と、夫と喜び合いました。

# 第五章 「人の役に立った翔平を誇りに思います」

「翔平、大谷選手がまたホームラン打ったで！」

大谷選手が活躍するたびに、私たちは翔平にも呼びかけます。仏壇のまわりだけではなく、家のなかのいたるところに翔平の写真がはってありますから、どこにいても呼びかけることができます。

'21年のシーズンは、大谷選手が大活躍でしたので、私たちが声を張り上げる機会も多かったです。

あの方の姿を見るたびに、お見舞いの日のことを思い出します。

翔平や私たち夫婦だけでなく、救う会のメンバー、お医者さんたち、それに記者さんやカメラマンさんも、あの場にいたみんなが、大谷選手の優しさのおかげで幸せな気持ちになれました。そんな思い出から始まって、翔平との記憶がことこまかによみがえってくるのです。

もちろん翔平を忘れることはないのですが、大谷選手の姿は、より楽しい記憶を思い出させてくれます。

私たちにとって大谷選手の雄姿が、文字どおり〝生きる力〟になっているのです。翔平の弟も、大谷選手がテレビに映るとパチパチと拍手しているのがかわいらしいですね。

翔平が1歳8カ月でお空にのぼってから3度目の秋をむかえました。弟は身長も体重もとっくに翔平を追い越していましたが、今年9月に年齢も追い越しました。

弟は翔平に会ったことはありません。でも兄弟って不思議ですね。私たちが〝にいに〟のお話をよくするからなのか、家に写真がいっぱいはってあるからなのか、お兄ちゃんのことが大好きなようです。

「まんまんちゃんしようか?」
と、言えば仏壇で手を合わせます。「まんまん」とは幼児語の「南《な》無《む》阿《あ》弥《み》陀《だ》仏《ぶつ》」で、関西ではよく使う言葉です。

翔平の仏壇には、大谷選手からプレゼントしてもらったボールや、サインをしていただいたエンゼルスのキャップのほかにも、ずっとベッドでいっしょだった『アンパンマン』のチーズのぬいぐるみや、絵本『はらぺこあおむし』などもお供えしています。

イタズラできないように仏壇の前には柵《さく》も置いていますが、弟はよく柵のなかに自分のおもちゃもどんどん入れています。〝これで遊んでね〟と、にいにへのプレゼントということなのでしょうね。

大谷選手のプレーをたくさん見ることができた以外にも、最近はうれしいことがありました。

1つは10月1日に、きかちゃんの目標募金金額がついに達成したこと。きかちゃんは、翔平と同じ「拡張型心筋症《かくちょうがたしんきんしょう》」の女の子です。同じ病気なので陰ながらずっと応援していたのです。

もう1つは、みうちゃんが今年8月にテキサス州で心臓移植手術を受けて成功したと聞いたことです。

みうちゃんは、いま8歳。センターでお隣のベッドにいた、たけるくんのお母さんから「みうちゃん、アメリカで元気にしているみたいだよ」と聞いて、ほっとしました。

心臓移植手術のための寄付金は結果的に余剰金《よじょうきん》が出ることもあります。

翔平のときも、「たけるくんを救う会」など、数人の子供たちを救う会からお金を回していただき、本当に助かりました。

翔平の場合は渡航しての手術がかないませんでしたので、ほぼそのまま残っていました。当事者《とうじしゃ》である私たち両親はお金のことには原則的にはタッチしません。

しかし皆さんの善意で集まったお金が、みうちゃんと、ゆいちゃん、2人の女の子の役に立つことになって本当によかったと思っています。

重い心臓病と闘う小さな戦士たちの間で、命のバトンはつながっているのです。

8歳のみうちゃんの両親は次のようなメッセージを寄せてくれた。

《大谷選手がメジャーリーグで活躍されている最中に、私たちの娘は、しょうへいちゃんから意志を引き継ぎ、渡米移植を成功させることができました。

しょうへいちゃんや支援いただいた皆様に感謝しかありません。

世界中がこのような暗い状況のなかで明るい話題を提供されている大谷選手と、生きるチャンスを与えてくれたしょうへいちゃんは、娘にとっても生きる力となっております》

2歳のゆいちゃんは、笑顔がかわいらしい女の子。大好きだというアンパンマンのマスクをつけていた。

お父さん・お母さんのインタビューが始まったときにはベビーカーでお昼寝していたが、途中で起きると、部屋のなかを元気に歩き始めた。

'19年7月に生まれたときは体重3400グラムで健康だった。だが生後2カ月ごろ、呼吸の様子に異常が生じ、緊急入院したところ、翔平ちゃんと同じように拡張型心筋症と診断されたという。

　お母さんはこう語る。

「国内で心臓移植手術を受けるか、海外で受けるか、それとも移植はせずに治療を続けるかという3つの選択肢がありました。ただ経過を見ている間に容態が急変するというリスクもありますので、移植手術をすることを決めたのです。しかし国内でドナー（※臓器の提供を望む人）を待つとなると年単位になることもあるそうです。

　そこで渡航を目指すことにしました。いろいろほかの子のケースを調べていたときに翔平くんのことを知りました。

娘も補助《ほじょ》人工《じんこう》心臓《しんぞう》を1つ装着しましたが、翔平くんは2つです。すごく大変だったと思います」

’19年12月に「ゆいちゃんを救う会」が発足。活動を開始するとほどなく、「しょうへいくんを救う会」のスタッフからの連絡があったという。

「私たちの募金活動のことを知って、すぐに連絡をくださったのだそうです。かなりの金額でしたので、私も救う会のメンバーたちと、大阪のほうでお話を伺うことにしました。

まだ会は発足したばかりで、それほど活動もしていないのに、大谷選手のご協力もあって集まったお金を、お預かりしてよいものだろうかと悩む気持ちもありました。

しかし『しょうへいくんを救う会』の代表の方が、

『活動期間は関係ありません。1人の命が助かるのならば、ためらう必要はありませんので、有効に使ってください』

そう言ってくださったんです。

翔平くんのご家族がどんな思いで看病をされていたのか、寄付を募られていたのかも感じていましたので、とても重みのあるお金だと思いました。

それまでは寄付金が集まらなかったら、国内で待てばよいかという甘い考えもありました。しかし、絶対にアメリカで娘を助けるという決意が固まったのです」（お父さん）

’20年2月に渡米。振り返ってみるとかなり危ういスケジュールだったという。

「飛行機がメンテナンス中なので、すぐの渡航は難しいと言われていたのですが、急遽《きゅうきょ》1機使用できるようになり、渡航できました。

その直後にアメリカでも新型コロナウイルスの感染が広がりました。

帰国後に、日本の病院の主治医から『あと1週間、日本からの出発が遅れていたら、渡航はできなかっただろう』と言われました。『しょうへいくんを救う会』からのお声がけが早かったので、娘は助かったのです」（お母さん）

「私たちは大谷選手と直接お会いしたわけではないのですが、メジャーリーグでの活躍を聞くと、大谷選手やほかの大勢の方のおかげで、娘がこうして生きているということを思い出し、感謝の気持ちも新たになります。

コロナで暗いニュースばかりのなか、明るいニュースをつくってくれるのはスポーツの力だと思うと、本当に素晴らしいと思います」（お父さん）

あのとき大谷選手は、翔平や私たち家族を救ってくれました。

いまもあの方のおかげで「また立ち上がろう」とか「自分もがんばってみよう」とか力をもらっている人も多いと思います。世界中でどれだけ多くの人が、大谷選手に救われているでしょうか。

いまも大谷選手は、私たちにとって息子の翔平が生きていたことを証明してくれる存在です。あの子の人生が大谷選手のおかげで、より輝いたものになったのです。

翔平の人生は長くはありませんでしたが、あの子のおかげで私たちは親になれましたし、あの子には「ありがとう」という言葉しかありません。お医者さんや看護師さんも言ってくれていますが、治療も最後までがんばった素晴らしい息子です。

翔平がアメリカで手術を受けることができなかったのは残念でしたし、とても寂しいことでした。

それでも……、親の自己満足かもしれませんし、翔平1人の力ではないこともわかっています。でも、翔平が大谷選手といっしょに、2人の女の子の命を救ったのだと思うと、すごく誇らしいのです。翔平が生きていたことが、誰かの役に立ったのですから。

大谷選手が三振を奪うたび、ホームランを打つたびに、私も思わず歓声を上げ、家のなかにある翔平の写真を振り返ります。大谷選手のホームランのすごい弾道には、テレビで実況中継をしている人たちも驚くほどです。

今日もあのご機嫌なときの笑顔を浮かべながら、翔平はお空で、大谷選手が高く舞い上げてくれる真っ白なボールを待っていることでしょう。

# あとがき

10月初旬、メジャーリーグのレギュラーシーズンが終了しました。投手としても打者としても大活躍だった大谷翔平選手はＭＶＰの有力候補にもなっています。川崎家の大恩人ですし、私たちにとっても喜ばしいかぎりです。

息子の翔平と大谷選手のことを本にしないか、というお話をいただいたときには悩みました。でも、そういったお話があるのも、奇跡のような出会いがあったからだと思いますし、心臓移植手術を待つ子供たちのこと、そして彼らが命のバトンをつないでいることを、少しでも知ってもらえれば、と考えてお受けすることにしたのです。ですからこの本の印税の一部は、心臓病と闘う子供たちの役に立ててもらえるように寄付することになっています。

本を作るにあたって、翔平のことで久しぶりに思い出したエピソードもありました。また、病院の先生や看護師さん、「しょうへいくんを救う会」の皆さん、路上募金のときにあたたかい言葉をかけてくださった皆さん、それに私たち夫婦の両親や知人、そしてもちろん大谷翔平選手と、本当に大勢の方たちに私たち家族が支えられていたことを、あらためて心に刻みました。この場を借りて、お礼を申し上げます。

2021年10月吉日

翔平の母、静葉

翔平ちゃんのお仏壇の前で。父・川崎太志さんと母・静葉さん

いまも日本には国内外での心臓移植の
機会を待ち続けている子供たちがいます。
支援をお考えの方は、下記の団体などにお問い合わせください。

産経新聞厚生文化事業団「明美ちゃん基金」
https://www.akemi-f.com/
〒556-8661大阪府大阪市浪速区湊町2-1-57
TEL:06-6633-9207

NPO法人 日本移植支援協会
http://www.ishokushien.com/
〒150-0022 東京都渋谷区恵比寿南1-1-12-801
TEL:03-6863-4578　FAX:03-6452-3778

'15年2月、沖縄で。大谷選手が子供たちに向けるまなざしは優しい　写真／産経新聞社

# 翔平《しょうへい》選手《せんしゅ》と翔平《しょうへい》ちゃん　奇跡《きせき》のキャッチボール

2021年11月20日　初版第1刷発行
2021年11月30日　　　第2刷発行

著　者　川﨑《かわさき》静葉《しずは》
発行者　内野成礼
発行所　株式会社　光文社
〒112-8011 東京都文京区音羽1-16-6
電話　編集部　03-5395-8240
書籍販売部　03-5395-8112
業務部　03-5395-8128
URL　光文社 https://www.kobunsha.com

印刷・製本　大日本印刷株式会社

定価はカバーに表示してあります。


ISBN978-4-334-95277-8 